Troublante rencontre

    Une jeune femme, qui vivait dans une maisonnée perchée sur des hauteurs où les habitations rejoignent les arbres, là où l'on ne sait distinguer le jardin de la forêt, passait une grande partie de ses journées à lire… et à rêver, disait-on…

    Les médisants allaient bon train se moquer de cette demoiselle, qui savait rêver de tout, mais ne travaillait en rien, selon eux.

    « Si elle ne se marie pas, point d'avenir elle n'aura », disaient les anciens.

    Luce, chez elle, ne se préoccupait plus de ces esprits étroits qui flottaient dans des têtes beaucoup trop grandes pour leur petite taille. Elle s'imaginait qu'à chaque mouvement que les villageois faisaient, leurs esprits se cognaient, de sorte que, plus le temps passait, plus ils étaient fêlés !

    Ou bien, l'espace dans leur crâne était tel, que leurs esprits, voulant réfléchir, se perdaient à chaque fois !

    Elle contait ces idées à Scary, son doux chat noir, qui semblait sourire en l'écoutant…

    Luce n'était pas une enfant du village. Elle avait fui les villes, leur bruit, leur pollution et leur temps qui file pour le calme et les paysages de ce monde où l'oxygène n'est pas (encore) un lointain souvenir.

Elle vivait de son jardin, de petits emplois... se contentait de peu et savourait le plaisir des promenades en forêt et des heures de lectures qui ne sont interrompues ni par les klaxons du coin de rue qui transpercent les fenêtres d'un appartement, ni par les cris et sirènes en tout genre des mondes urbains.

Au village, personne ne savait d'où elle venait, pourquoi elle était ici, quel était son âge...

À cette dernière interrogation, tous spéculaient différemment.

Certains pensaient qu'elle avait passé le temps du mariage, d'autres qu'elle n'avait pas encore atteint celui de la majorité, certains même soutenaient qu'elle devait à peine frôler l'âge officiel des relations intimes !

À cette dernière idée, les vieilles demoiselles rougissaient de jalousie (ce passage étant pour elles fini depuis de nombreuses années !).

Pourtant, en arrivant dans le village, elle avait bien tenté de se présenter... Mais en débarquant cheveux tressés de plumes et fils colorés et accompagnée d'un chat noir, l'enthousiasme ne fût pas au rendez-vous, quand, sur la place, elle fit ses premiers pas.

Les quelques villageois qui dénièrent entendre d'une oreille lointaine retinrent toutefois qu'elle était là pour lire. Ou pour écrire ! Ou les deux peut-être ! Bah, des trucs inutiles quoi !

Un soir d'été, alors que Luce cherchait avec son chat son pendentif égaré dans les ruelles du village, un tintement de clochettes se fit entendre. À moins que ce ne soit le son d'une flûte... Y aurait-il une cithare pour l'accompagner ? Luce était perdue... Tous ces sons semblaient émaner d'un seul et même instrument... Ses sens lui jouaient-ils des tours ? Et d'où venait cette surprenante mélodie ? Elle emplissait le village, semblant descendre des nuages… ou sortir de terre…

Jamais Luce n'avait senti une telle présence.

Elle parcourait le village qui lui paraissait interminable, stoppant par instant, croyant avoir perçu la source de cette saisissante musique. Et pourquoi personne ne sortait ? Tous dormaient ? Comment faisaient-ils pour ne pas être réveillés par de telles sonorités ?

Enfin, fatiguée, agacée de ne pouvoir comprendre, Luce finit par s'asseoir sous le vieux chêne posté au centre de la place du village et attendit, se laissant porter par ces sons inconnus.

Au bout de quelques minutes, des bonnets de nuits accompagnés de timides flammes poussèrent aux fenêtres et bientôt aux portes des maisons. Les plus téméraires sortirent enfin sur le palier, emmitouflés dans leurs robes de nuit, une bougie à la main.

Un véhicule tiré par trois chevaux noirs de jais s'approcha lentement.

Arrivée sur la place, l'embarcation fit mine de chavirer, puis, semblant s'affaisser, échangea ses roues pour des pieds, d'un bois rosé, rougi par instant par la lueur de quatre lampes accrochées aux coins du toit de cette originale voiture. Des escaliers se déroulèrent devant une porte voûtée, de laquelle sortit un jeune homme. Il descendit lentement les quelques marches, d'un pas délicat qui retentissait par le bruit de ses bottes à semelles épaisses chargées de petits objets difficiles à identifier, dont certains luisaient en émettant une sorte de tintement. Il était vêtu d'un long manteau noir, de cuir fin et souple, fait de larges plis qui partaient de dessous les épaules et retombaient le long de son corps, donnant l'impression qu'il pourrait s'envoler à chaque manifestation du vent. Sous ces plis paraissait une chemise rouge étincelante, d'une matière sans doute proche de la soie, à la taille cintrée dans un pantalon de cuir noir, agrémenté d'une tresse de tissu vermeille, nouée par une sorte d'amulette, qui lui entourait le dessus des hanches. Une mèche de cheveux masquait légèrement une partie de son visage aux traits fins, dont la teinte aurait pu être l'œuvre d'un peintre perfectionniste voulant rendre la beauté d'un bois rare et précieux.

Arrivé en bas des marches, il s'avança vers le chêne, au pied duquel se trouvait toujours Luce, qui observait ce curieux personnage.

– Bonsoir, je me nomme Stanislas et je suis montreur d'ombres. Ma troupe et moi avons choisi de nous poser dans votre village pour quelque temps.

Une senteur d'ylang-ylang mêlée de fleur d'oranger émanait du jeune homme, accentuée à chacun de ses gestes par des notes épicées, dont Luce ne parvenait pas à reconnaître l'essence, malgré ses connaissances et ses sens des plus éveillés…

– La musique… dit-elle comme cherchant la clé d'un songe, la musique… d'où venait-elle ?

Elle eut pour première réponse le regard de Stanislas, d'une troublante profondeur. Puis, il écarta un pan de son manteau et en sortit un instrument, lié par une corde très travaillée, à son cou.

– D'ici, dit-il en souriant. Et il se mit à jouer.

Une fascinante mélodie se répandit de nouveau dans le village.

– Comment un seul instrument pourrait-il produire autant de sons et d'émotions ? Vous êtes donc également créateur d'illusions sonores ?

– Croyez ce qu'il vous plaira. J'ai fabriqué cet instrument de mes propres mains et j'y ai mis toute mon âme.

– Votre âme saurait-elle être si riche ?

Stanislas sourit et remit l'objet sous le pli de son manteau.

– Notre première représentation aura lieu demain, à vingt et une heures. A demain, peut-être... ajouta-t-il en se baissant pour prendre la main de Luce et lui déposer un baiser, tout en plongeant son regard dans ses yeux.

La jeune femme, entendant Scary miauler, se recula contre l'arbre. Stanislas s'éloigna lentement et remonta dans son étrange véhicule.

Les roues réapparurent et les chevaux prirent la direction de la forêt. Luce, empreinte de cette surprenante soirée, ne pensait plus à son pendentif. Depuis un moment déjà les villageois étaient repartis se coucher, lorsqu'elle traversa le village pour regagner son logis.

Elle se fit une tisane au miel pour trouver le sommeil et se blottit dans une couverture sur un tas de coussins, avec un livre, en compagnie de Scary. Trois tisanes plus tard et après avoir relu six fois les premières pages de l'ouvrage, elle ne parvenait toujours pas à dormir, ni à se concentrer sur sa lecture. C'était chaque fois le même schéma ; à peine quelques mots lus et le regard de Stanislas apparaissait, masquant les lignes. Et puis... il y avait ce parfum.

Elle s'était pourtant lavée plusieurs fois les mains, mais il lui restait.

Il lui semblait même que cette senteur l'imprégnait davantage, enveloppant son corps entier et lui brûlant la main. À cette sensation, elle observa l'endroit où le baiser fut posé. Elle s'aperçut alors, étonnée et effrayée, qu'une marque était apparue sur sa peau. Elle se leva, passa sa main sous l'eau froide et y appliqua une crème à base d'arnica. Elle retourna ensuite se blottir, serrant son chat contre elle et finit par s'endormir.

Un rayon de soleil vint chatouiller le visage de Luce, qui s'éveilla sous les passages insistant de la langue de Scary sur son nez et ses joues. Aussitôt, elle regarda sa peau, qui ne portait aucune trace de brûlure. Elle pensa qu'elle avait tout rêvé. Les villageois avaient peut-être raison...

Et puis, venir s'installer ici pour se consacrer un temps à la lecture et à ses projets d'écriture était peut-être une idée folle... Elle fut tirée de ces remises en question par Scary, qui lui apporta une boîte de croquettes en la poussant du museau. Ils allèrent déjeuner, s'apprêter et descendirent au village pour passer chez le fromager, puis le libraire (ce dernier étant un de ses rares interlocuteur).

– Bonjour Luce, allez-vous au spectacle ce soir ? demanda le libraire.

– Quel spectacle ? répondit-elle, faisant mine de ne pas comprendre.

– Eh bien, celui du type étrange avec sa carriole ! Il paraît que c'est une troupe de montreurs d'ombres ! Ça me fait penser à un conte que ma grand-mère m'avait raconté quand j'étais enfant. Une histoire de troupe de théâtre itinérante qui parcourait le monde en jouant des pièces où il y avait bien plus d'ombres que de comédiens. Elle me l'avait conté un soir, à la lueur d'une bougie. Ce conte est sans doute celui qui m'a le plus effrayé parmi les nombreuses histoires qu'elle connaissait.

— D'où venait ce récit ? interrogea Luce, intriguée.

— Je ne sais pas, elle disait que sa grand-mère lui avait transmis quand elle était petite. Ce dont je me souviens, c'est que j'avais l'impression qu'elle avait aussi peur que moi en le racontant. Et une fois l'histoire terminée, elle accrocha à la tête de mon lit et au sien, un drôle de petit objet, une sorte de talisman, qui parut la rassurer.

— C'est étrange, si elle en avait aussi peur, pourquoi vous conter cette histoire ?

— C'est la question que je me suis longtemps posée !

À cet instant, la cloche de la librairie se fit entendre.

Une vieille dame courbée entra, un châle sur les épaules, maintenue en équilibre par une cane.

— Il est revenu, lança-t-elle en direction de Luce. Je savais bien que ta présence allait l'attirer. Ça se passe toujours comme ça ! Ça s'est toujours passé comme ça ! Ma mère aussi venait d'ailleurs ! Il est venu et l'a emporté avec ses ombres ! J'étais jeune fille, mais c'est elle qu'il a choisi ! Elle, qui avait ce truc bizarre que tu as aussi ! Livre-toi avant la nuit ou il en prendra d'autres.

En proférant ces paroles, la vieille dame tremblait de tous ses membres. Quand elle eut fini, elle franchit de nouveau la porte et quitta le magasin.

— Qui est cette vieille dame ?, demanda Luce terrifiée. Je ne l'ai jamais vue dans le village.

— C'est la vieille Berta. Elle vit dans une baraque, à l'orée de la forêt. À peu près à la même distance de la place que votre maison, mais au sud. Elle vient rarement par ici. Ne prêtez pas attention à ses paroles. Elle est si âgée que personne ne connaît son âge. Je pense que personne ne sait si c'est la vieillesse qui lui tourne la tête ou si elle est née ainsi.

Les interrogations bousculaient l'esprit de Luce, qui décida de rentrer chez elle pour repenser calmement à tout ce qui venait de se passer.

Pour la première fois depuis qu'elle n'habitait plus en ville, elle ferma à clefs la porte de sa maison. Elle prit Scary dans ses bras, et alla se blottir dans une épaisse couette au milieu de ses coussins. Elle aurait voulu une tisane, mais une rafale de frissons la parcourait, la dissuadant de se lever. Elle resta ainsi jusqu'à dix-sept heures. Prostrée dans sa couette. Appelant son chat dès qu'il la quittait. Se demandant si la vieille dame pouvait dire vrai. Se trouvant par instant idiote d'avoir peur de telles histoires. À d'autres moments, pensant que les craintes et les croyances devaient tout de même avoir quelque fondement. Elle fût tirée de ces questionnements métaphysiques par la sonnerie du téléphone. Elle décida de ne pas répondre, mais d'attendre qu'on lui laisse un message. Quelques instants plus tard, elle se leva et alla écouter le répondeur. C'était sa cousine qui voulait des nouvelles. Luce rappela pour lui dire que tout allait bien.

Après le repas, elle reprit, non sans crainte, le chemin du village. Trop de questions restaient sans réponse...

Atteignant la place, elle s'aperçut avec stupeur que quelques villageois étaient sortis de chez eux et venaient avec leur chaise attendre vingt et une heures. Observant la scène de plus près, elle vit qu'il y avait essentiellement des femmes et qu'elles s'étaient habillées et maquillées comme pour aller au bal. S'il y avait quelque chose à craindre, ces femmes ne sortiraient pas seules, se rassura-t-elle. Puis elle s'installa au pied du vieux chêne. La fascinante musique de la veille ne tarda pas à emplir le village. Luce sentit de nouveau une chaleur s'emparer de sa main. Il lui semblait que plus l'intensité de la mélodie se faisait entendre, plus sa main la brûlait. Les villageois, à présent installés, ne bougeaient pas. Luce se demandait s'ils entendaient la musique. Les trois chevaux parurent au loin et les habitants ajustèrent leurs vêtements, tels des comédiens avant leur entrée en scène.

L'équipage s'arrêta. Les pieds de bois et escalier se mirent en place, et le jeune homme fit son apparition. Une fois descendu, il tira sur une corde, qui déclencha un mécanisme grâce auquel le côté escalier de la voiture s'allongea, de sorte que la porte s'avança en étirant un couloir à l'aspect d'accordéon. La porte s'ouvrit, laissant apparaître l'antre de ce long couloir sombre, au bout duquel on distinguait des ombres dansantes.

– C'est par là ! montra Stanislas. Quittez vos chaises et suivez-moi, il fait trop frais pour un spectacle en plein air. Venez-vous réchauffer...

À ces mots, Luce secoua sa main, qui rougit un instant. Elle voulut partir, mais Stanislas, souriant, la prit par l'épaule pour la faire suivre les villageois qui entraient paisiblement dans le couloir. Il resta à ses côtés au milieu de ce cortège et lui glissa à l'oreille :

– N'ayez crainte, si le spectacle ne vous plaît pas, vous ne paierez pas.

Au bout du tunnel se trouvaient des rangées de chaises recouvertes de velours rouge et une étroite scène. Sur un rideau blanc s'agitaient des ombres, comme affolées de voir tant de monde. Stanislas fit s'asseoir Luce au premier rang, puis sortit son instrument. Aux premières notes, les ombres se placèrent et commencèrent à jouer.

– Voici ma troupe, déclama Stanislas ; avant de reprendre sa musique, jusqu'à la fin de la soirée.

C'était un surprenant spectacle. Luce, intriguée, ne pouvait s'empêcher de se demander comment un tel rendu était possible. Ces êtres étaient-ils de carton, de plâtre, de papier ? De bois peut-être ? Ce n'était pas de simples marionnettes. Aucun fil ne paraissait. Quelle technique Stanislas pouvait-il utiliser pour donner vie à ces personnages ? Était-il magicien ? Luce finit par quitter ses questionnements…

Un instant, il lui sembla que l'un des personnages s'adressait à elle, en lui montrant un objet caché dans le décor. La musique se fit menaçante et le petit être fût emporté par deux colosses.

À la fin du spectacle, alors que les villageois reprenaient lentement le chemin du couloir, un bruit attira les yeux de Luce vers la scène. Là, un petit personnage d'ombre lui tendit un objet, en tremblant.

– Mon pendentif, s'écria-t-elle. À ces mots, Stanislas, qu'elle n'avait pas senti arriver, lui attrapa le bras pour la guider vers la sortie.

– Que dites-vous ?

– Ce personnage, il a…

– Quel personnage ? Vous voyez bien qu'il n'y a personne. Le spectacle est terminé. Mais je suis satisfait de voir à quel point vous avez dû l'apprécier pour en être si imprégnée qu'il perdure en vous !

Le regard et la voix de Stanislas étaient d'une telle conviction que Luce fut persuadée de ses dires. Elle avait probablement rêvé ! Elle le suivit dans le long tunnel sombre, qui donnait à présent sur un village non moins sombre. Les villageois avaient disparu. Seul l'unique réverbère placé près du chêne, éclairait les lieux enveloppés de nuit. Stanislas, non loin de Luce, observait son visage encerclé de doutes et questionnements.

– Si vous voulez en savoir davantage, revenez demain, à la même heure.

Il sourit. La main de Luce se mit à rougir. Il baissa les yeux sur elle, sourit de nouveau, puis retourna lentement vers ses chevaux, qui semblaient le supplier. Un léger vent ondula son manteau, révélant la forme de son instrument, qui paraissait flotter au son du souffle de ce soir d'été.

Luce, perdue dans ses émotions et sentiments étranges, resta un temps à regarder s'éloigner l'intrigante embarcation, avant de remonter jusqu'à chez elle.

À la maison, Scary l'attendait.

– Que vas-tu faire à présent ? lui demandaient ses grands yeux verts.

Elle regarda sa main, et la caressa doucement. Puis elle se mit au lit et dormit jusqu'au matin.

Vers huit heures, elle ajouta une plume à ses cheveux et descendit au village, accompagnée de Scary. L'agitation inhabituelle qui régnait l'amena à questionner le boucher.

– C'est à cause des trois envolées.

– Pardon ?

– Ce matin, le maire sortit de sa maison en hurlant. Sa femme avait disparu ! Elle lui avait laissé une lettre, pour lui expliquer qu'elle en avait assez de sa prestance à la noix et de ses racontars. Elle disait qu'elle partait rejoindre un pays lointain où toutes les femmes passaient avant la politique et où les hommes ne portaient pas de perruques pour cacher leur calvitie précoce ! Pour les deux autres, je ne sais pas ce qu'il en est, mais si vous passez au bistrot, vous aurez sûrement des infos.

Luce n'allait jamais au bistrot. Elle décida de passer d'abord par la librairie, puis elle verrait ensuite.

– Bonjour monsieur Books, savez-vous ce qu'il se passe au village ?

– Eh bien ma chère Luce, j'ai entendu dire que trois villageoises avaient quitté les lieux pour un monde meilleur. Il s'agirait de la femme du maire...

– Pour elle, je sais, mais les autres ?

– Il y aurait également la femme du notaire et la jeune Amélia, âgée d'une quinzaine d'années. Toutes ont laissé une lettre qui dépeignait les raisons de leur départ. Les deux premières en avaient assez de leur époux et la plus jeune disait avoir rencontré le plus beau et le plus riche garçon du monde.

– Ça n'a pas l'air de vous étonner.

– C'est que, d'après ce que ma grand-mère me racontait, c'est déjà arrivé. Et puis, quitter son mari quand les liens nous unissent à un notaire avare ou à un maire obsédé par son image, ce n'est pas bien étonnant. Je me réjouis plutôt pour ces femmes et me demande même pourquoi elles ont attendu tant d'années pour prendre leur envol. Quant à la petite Amélia, tout le monde connaissait sa beauté et trouver un mari à la hauteur de celle-ci était peine perdue ici. Je ne vois donc pas d'un mauvais œil ces trois départs.

– Effectivement, ça peut paraître logique. Mais pourquoi partir en même temps ? Y a-t-il un lien particulier qui unit ces personnes ?

– Vous savez Luce, la femme a ses mystères que la raison de l'homme ne connaît pas.

– Je ne vous suis pas. Je ne suis peut-être pas une femme...

– Non, effectivement ! Pour vous ce n'est pas pareil, votre esprit n'est ni homme, ni femme, votre vision est autre, au-delà... Enfin, vous devriez le savoir mieux que moi, si vous regardiez davantage les yeux que l'on pose sur vous, par exemple...

À cet instant, la vieille Berta aparût comme la veille.

– Tu ne m'as pas cru ! Tout cela durera tant que tu ne te sacrifieras pas ! hurla-t-elle avant de quitter la librairie.

Luce et monsieur Books se regardèrent. La jeune femme préféra rentrer chez elle repenser à ces derniers événements avant de prendre une décision pour le soir.

Elle conclut qu'elle devait se rendre au rendez-vous de Stanislas.

Arrivée sur la place peu avant vingt et une heures, elle s'inquiéta de n'y voir personne. Un vent se mit à souffler et elle sursauta quand la main de Stanislas se posa sur son épaule, sans qu'elle ne l'ait entendu arriver.

– D'où venez-vous ainsi ? l'interrogea-t-elle, se reculant, un peu effrayée.

– D'ici, répondit Stanislas, montrant les branches du chêne. Le sifflement du vent a sans doute masqué le bruit de mon saut.

– Sans doute...

– Je sais pourquoi vous êtes venue en ces lieux. Et je sais que vous doutez des réponses à vos questions depuis mon arrivée. C'est pourquoi je vous ai convoqué ce soir. Aujourd'hui, il n'y a pas de spectacle, juste vous et moi. Vous n'osez croire que j'ai enlevé ces personnes et vous avez raison. Elles m'ont suivi en poursuivant leur rêve. Je fais de leurs rêves un spectacle. Qui a-t-il de mal à cela ? Si elles avaient étaient heureuses, seraient-elles venues jusqu'à moi ? Je n'enlève personne. Je libère quelques âmes du poids de leur quotidien, voilà tout.

– Allez-vous arrêter, si je vous suis ?

Le rire de Stanislas retentit dans le village.

– Si vous aviez voulu rejoindre ma troupe, vous l'auriez déjà fait ! Ce que vous souhaitez, c'est reprendre l'écriture, ce qui est à votre portée, à présent.

Comme porté par ces paroles un vent puissant souffla, faisant tourbillonner poussières et feuilles de sa présence. Luce ferma les yeux et se cacha le visage pour se protéger. Le vent s'arrêta net. Elle ouvrit les yeux. Il semblait avoir emporté Stanislas avec lui. À l'emplacement où il se trouvait encore quelques instants auparavant, quelque chose brillait dans les feuilles abandonnées au sol. Elle s'agenouilla pour écarter les débris de végétaux et découvrit son pendentif, marqué d'un « s » écarlate…

John

« Être rattrapé par ses vieux démons ! ».

C'était une expression que John ne supportait pas. Il nous était arrivé de l'utiliser à l'université, en abordant la vie de certains auteurs. Mais chaque fois, le regard et la crispation de notre camarade en entendant ces mots nous glaçaient d'effroi.

Nous ne connaissions que très peu John.

Il était arrivé en cours d'année et laissait souvent son siège inoccupé.

Il paraissait être le plus sage de nous tous, selon ce que nous pouvions observer. Il était si discret…

Quant à la sortie des cours nous allions boire un verre, il venait rarement. Il n'aimait pas les lieux trop peuplés et nous choisissions toujours la même petite taverne lorsqu'il acceptait de nous accompagner. Contrairement aux autres membres du groupe, il ne consommait jamais d'alcool. Cela nous avait bien étonné la première fois qu'il avait demandé un lait chaud au miel, alors que tout le monde prenait une pinte. Il ne se droguait pas non plus. Nous étions tous étudiants en littérature ou philosophie et il nous arrivait fréquemment de prendre quelques bouffées de plantes roulées pour rejoindre l'inspiration (mais sans aller jusqu'à chevaucher le dragon, entendons-nous bien !).

John, lui, n'allait pas plus loin que la tisane ; au miel, comme le lait.

Harry ne pouvait s'empêcher de rire parfois, en voyant notre camarade se lancer dans de sérieuses explications, tisane en main. Avec le recul, je ris aussi et me rends compte qu'il n'y avait pas de moquerie derrière cette réaction, mais plutôt de la joie. La joie d'être là, ensemble, avec nos points communs et nos différences, avec John, qui ne cessait de nous surprendre par son sérieux à toute épreuve, ses profondes réflexions, qui n'avaient pas besoin d'alcool ou de narcotiques pour voir le jour. Nous surprendre, c'est ce qu'il faisait constamment, sans le vouloir et sans artifice.

Nous, nous étions des étudiants assez « classiques ». Certes, les études nous intéressaient, mais les amusements et les filles prédominaient dans nos pensées. Quand je repense aux pitreries que nous pouvions imaginer pour obtenir, ne serait-ce qu'un regard, de la gent féminine…

John, lui, n'avait besoin de rien pour les attirer. Ses brèves apparitions en cours ou dans les couloirs suffisaient à provoquer l'émoi. Ses cheveux courts, noirs, dont la mèche frontale oblique, plus longue que la nuque, dépassait du chapeau (qu'il quittait rarement en dehors des cours) y étaient sans doute pour quelque chose. Mais le plus troublant pour ces demoiselles était peut-être ce regard qui semblait voir au-delà de ce que nous pouvions percevoir. Ce regard dont le questionnement perpétuel et la profondeur semblaient les méduser.

Je dois bien l'avouer, John était mystérieusement attirant.

Il était loin du portrait de Brandon, rendu « craquant et irrésistible » par « son corps d'athlète et son sourire charmeur » aux dires de ma cousine Steffy.

Il était… au-delà.

Sa proximité physique et son côté insaisissable faisaient de lui le bourreau des cœurs d'un nombre incalculable de filles, sans qu'il ne semble s'en apercevoir, ni même y prêter attention. Et nous autres, nous assistions impuissants à ces charmes que nous aurions tant voulu posséder. Mais pour nous, le plus surprenant chez lui était sans conteste son esprit. Malgré le peu de présence en cours il était, de loin, le plus brillant d'entre nous. Il plongeait au cœur des textes avec une pertinence et une rapidité inconcevables. Ses travaux enthousiasmaient bon nombre d'excellents professeurs, qui lui proposèrent de faire partie d'études et de comités qu'il refusa. Son esprit était convoité, mais il restait libre. Il disait vouloir travailler seul, éviter de subir dogmes et influences et avancer dans ses propres recherches, dont il taisait le sujet.

En cours, il avait une curieuse façon de remplir ses carnets et cahiers. Son écriture était toujours mêlée à d'étranges signes et créatures. Il était impossible de lui demander ses notes si nous avions un doute sur la qualité des nôtres, car elles nous demeuraient indéchiffrables.

Plus je me remémore ce temps passé avec John et plus ce que nous prenions pour des traits de son originalité m'apparaît clairement mystérieux.

Parfois, il acceptait de nous rejoindre en début ou fin de week-end pour bavarder. Ce qui me frappe à présent, c'est son changement d'attitude au fil des heures. Il arrivait vers 17h, après avoir travaillé à ses recherches. Le soir, son visage s'assombrissait. Il ne supportait aucune fenêtre ouverte, sursautait au moindre bruit (parfois imperceptible à nos sens). Ses yeux prenaient une teinte d'un noir troublant. Ils illuminaient son visage devenu obscur de leur intense présence, semblant prendre une place plus importante encore que lorsque le jour les éclairait. Sa voix dévoilait une émotion quelle ne contenait que trop en journée. Alors nous apparaissait John, dans toute sa beauté troublante d'intensité et de sensibilité. Il paraissait irréel. Et peut-être l'était-il…

Parfois, je me demande s'il a vraiment existé. Est-ce la douleur de sa disparition qui me fait penser cela ? Le fait que personne n'ait reparlé de lui après ? Le mystère qu'il répandait et qui l'a suivi jusqu'au bout ?

Nous ne l'avions pas vu depuis plus d'une semaine. Dans le groupe, personne ne s'inquiétait. Il nous avait habitué à ses fréquentes absences. Mais cette fois, c'était différent. Quelques jours avant sa dernière apparition, il avait perdu un pendentif dont il ne se séparait jamais. Pour nous, c'était une sorte de « gri-gri », qui semblait le rassurer et qu'il se mettait parfois à toucher, comme pour s'assurer qu'il était bien là. Cela représentait une porte à deux battants, un peu ancienne, reliée par une chaînette à une clé, qui, sans être très imposante, ne pouvait être celle de la porte. Cette clé était elle-même nouée à un minuscule flacon qui contenait un liquide vert tirant sur le jaune. La perte de cet objet l'avait profondément affecté, sans qu'il ne nous en explique les raisons.

Ne le voyant pas revenir en cours, je finis par décider d'aller chez lui. Il habitait un appartement-atelier, situé au dernier étage d'une demeure ancienne dont seul le rez-de-chaussée logeait une autre âme, qui était celle de la propriétaire des lieux. Cette dame, d'un âge très avancé, était suffisamment discrète et paisible pour que John acceptât d'emménager chez elle (à la condition toutefois de s'installer dans l'appartement le plus éloigné du sien, qu'était celui du dernier étage).

En arrivant, la seule réponse que je reçus fut celle de l'écho du loquet, qui retentissait de l'autre côté de la porte. J'attendais toutefois un moment, ayant eu connaissance de la surdité de la propriétaire. Ce fut en vain. Je décidai alors de passer par le jardin. Je savais que le mur de ce côté comportait un escalier extérieur qui montait jusqu'à une pièce juxtaposée à l'atelier de mon camarade et qui n'était jamais fermée. Après avoir fait fuir un chat sans le vouloir, je gravis l'escalier.

Je traversai la pièce et arrivai à la porte de John, qui était fermée. Je frappai, l'appelai, sans réponse. Inquiet, je finis par enfoncer la porte. Ce que je découvrai alors est difficilement descriptible. Les murs étaient recouverts des signes et créatures que j'avais pu voir sur les cours de mon ami. Mais le fusain et la taille qu'ils avaient leur donnaient une toute autre dimension. Mon regard se perdait sur les murs qui semblaient m'entourer en une ronde glaçante et macabre. Mes yeux finirent par se fixer sur un visage à côté duquel le cri de Munsch ferait sourire. Le long corps vêtu d'une toge qui continuait le personnage horrifique que je venais de rencontrer montrait du doigt le bas du mur. Je me baissai et aperçus, derrière un tabouret couvert d'un chiffon tâché de fusain, le dessin d'une petite porte.

Une porte identique à celle du pendentif de John. Cette porte était entrouverte.

Machinalement, je m'approchai pour voir ce qu'elle pouvait révéler. Quand ma main toucha le mur, la porte se referma. Je tombai en arrière de frayeur. Je n'osais plus bouger. J'étais pétrifié par le doute et la peur. J'aperçus alors un petit objet, que je n'avais pas vu plus tôt, près de cette porte. Il s'agissait du flacon que John portait autour du cou, mais son contenu avait disparu…

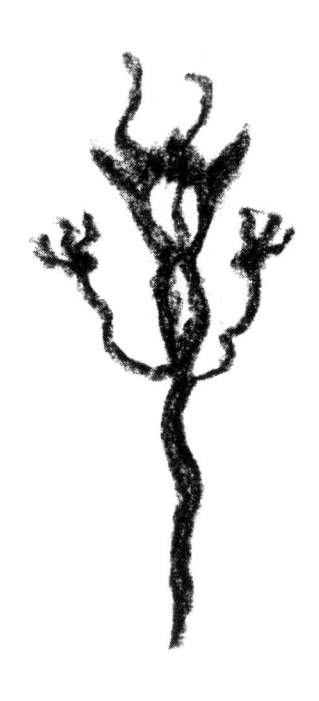

L'étrange cas de Johnatan* SHADOW

J'avais toujours vécu, comme tu le sais, avec des chats. Et là, je me retrouvais privé de la présence de ce fascinant félin. Cela m'était insupportable.

Je décidai donc de provoquer la rencontre et d'en chercher un qui accepterait une cohabitation dans ma modeste demeure et mon jardin boisé.

Après hésitation sur l'endroit idéal pour trouver un tel animal, mon choix se porta sur le cimetière du village.

J'avais lu dans les journaux que les habitants se plaignaient de leur abondante présence en ces lieux calmes et reculés.

Je partis donc un soir avec ma lampe de front de faible intensité. Je me munis également d'une autre lampe dans la poche, au cas où le besoin de m'éclairer différemment se ferait sentir.

J'étais prêt pour l'expédition dont je te conterai (sans doute) les détails dans mon prochain courrier, afin de laisser ton imagination libre à ses vagabondages.

A très bientôt,
Johnatan.

---

* *L'orthographe de ce prénom est librement décidée par l'auteur qui vous laisse deviner les raisons possibles d'un tel choix.*

C'est à partir de cette lettre de mon ami et de quelques indices, que je tentais de reconstituer son histoire et comprendre ce qui s'était passé.

Tout commença donc ce soir-là, lorsqu'il partit à la recherche d'un de ces compagnons dont il affectait tant la présence.

Trois semaines après avoir reçu cette lettre, je n'avais toujours pas d'autres nouvelles. Habituellement, lorsqu'il était impliqué dans une étude ou une découverte, il ne laissait pas passer une semaine sans me faire part de ses avancées.

J'attendis encore quelques jours et fini par me rendre chez lui. Je frappai plusieurs fois à la porte, mais personne ne m'ouvrit. Je fis le tour de la propriété en appelant mon ami, mais seul un écureuil se manifesta par un jet de noisettes en signe de protestation à mon intrusion sonore. En sortant, je vis l'un de ses voisins qui m'indiqua ne pas l'avoir vu depuis au moins trois semaines.

À mon sens, ce ne pouvait être un hasard.

Le chemin du retour me faisait passer à côté du cimetière.

Je décidai de m'y arrêter. J'errais dans les allées en quête d'un signe du passage de Johnatan. Je dus y rester assez longtemps pour éveiller la curiosité du gardien, qui vint me voir. Je lui expliquai que je n'avais pas eu de nouvelles de mon ami depuis sa dernière lettre et que je m'inquiétais. Il me répliqua d'un ton et d'un regard compatissant envers mon esprit probablement dérangé, que si cet ami était décédé et enterré, je l'aurais appris par un acte diffusé dans le village et alentour.

Je pris alors conscience que dans ma surprise d'avoir été tiré de mes questionnements, je ne lui avais pas tout dit.

Je me résolus d'abord à le laisser croire ce qu'il semblait penser, plutôt que de lui expliquer que Johnatan s'était mis en tête de chercher le compagnon idéal en ces lieux à la nuit tombée. Mais je me dis finalement qu'il avait peut-être était témoin de quelque chose. J'inventai donc que mon ami était venu l'autre soir pour tenter de retrouver sa montre, qui était passée par-dessus le muret alors qu'il marchait à côté du cimetière et voulait l'attacher à son poignet.

Il me demanda si cet homme habitait le village et si je pouvais lui révéler son identité. Après hésitation, je lui dis qu'il s'agissait de Johnatan SHADOW. Il rit beaucoup et reprenant son souffle :

– Ah ! Vous parlez de Johnatan ! Je l'ai effectivement vu traîner ici un soir, mais il ne cherchait pas sa montre, il voulait un chat ! Si c'est lui qui vous a dit ça, il s'est moqué de vous ou il a pas voulu vous dire vraiment ce qu'il faisait ! Il était préoccupé par ce truc ! Il a passé tellement de temps à guetter entre les tombes, que j'ai fini par rentrer me coucher ! Depuis, je l'ai pas revu ! Si ça s'trouve, il a toujours pas trouver son bonheur. Il est pt'être en train de faire une tournée de cimetières pour trouver son chat ! Ça m'étonnerait pas d'lui !

Sur ces bonnes paroles, mon ego ne supporta pas de rester plus longtemps face au gardien et se dit que si je quittais les lieux sur-le-champ, j'aurais peut-être une chance qu'il oublie mon visage et évite de faire circuler cette histoire par-delà son village.

Je rentrai donc chez moi et tentai de me rassurer en gardant à l'esprit la loufoquerie de Johnatan, qui le menait parfois à des situations improbables, mais sans gravité. L'idée qu'il était parti faire le tour du monde des cimetières en quête du compagnon idéal me permit de calmer mon anxiété et de trouver le sommeil. Un crissement à la fenêtre de ma chambre me tira de mes rêves. J'allumai une bougie et distinguai de mon lit une silhouette de chat à la fenêtre. Je me levai, m'approchai... et reculai d'un coup en voyant que ce chat portait la médaille de Johnatan autour du coup. La surprise et la peur me firent tomber sur le fessier... et je me réveillai. Il était trois heures du matin, la lune était pleine et rousse, le ciel clair... et j'étais en sueur. Je ne parvenais pas à retrouver le sommeil et décidai de préparer ma valise pour partir à la recherche de mon compagnon dès le levé du jour.

J'entendis frapper à la porte. Le soleil brillait. J'étais allongé sur ma valise à côté du lit, vêtu de mon pyjama à carreaux. J'avais donc fini par me rendormir sans m'en apercevoir !

Je remis quelque peu mes cheveux en place, me glissai dans ma robe de chambre et allai ouvrir.

– Bonjour monsieur Durang, belle journée n'est-ce pas ?! Je vous apporte le soleil et une lettre. Bon appétit ! Au revoir !

C'était le facteur ! Il était jeune, énergique et... Il était midi ! Mon projet de voyage était donc reporté ; il me fallait manger !

Je me fis un thé bien fort, des toasts au miel, des œufs et du bacon grillé en me disant que cela pourrait me mettre dans l'état d'esprit de Johnatan et me permettre de le rejoindre plus rapidement.

Je pris en même temps la lettre que je venais de recevoir. Stupéfaction (marquée par l'éclaboussure du toast tombant dans le bol de thé) ! Ce courrier était de mon bon vieil ami.

Cher Jacques,

Sais-tu que nombre de chats ne sont pas nés chats ?
Pourquoi ont-ils parfois cet air hautain, ce regard troublant et familier, cette attitude d'attirance et de répulsion ?
As-tu déjà eu vent de chats qui parlaient ? Qui écrivaient ?
Et qu'en est-il de ceux qui parcourent des kilomètres pour retrouver leur maître ou de ceux qui retournent à leur ancienne demeure après avoir déménagé ?
Dernièrement, on m'a raconté l'histoire d'un chat qui s'était réveillé un matin dans un bois où il avait l'habitude d'aller avec son propriétaire. Il parcourut les kilomètres qui séparaient ce bois de sa maison. À son arrivée, il découvrit que le maître l'avait remplacé par un chien. Fou de rage, il pénétra dans la maison par la fenêtre et sauta sur l'homme au visage, lui crevant les deux yeux. Il repartit et vécu sans maître le reste de sa vie (enfin, de celle-ci, diront certains !).
Le chien, quant à lui, s'occupa de son maître jusqu'à la fin de ses jours tant et si bien que l'idée est apparue de former d'autres chiens à l'accompagnement des aveugles.
Fascinant !
Je t'écrirai de nouveau prochainement.

Comme à son habitude, Johnatan n'avait pas mis de lieu ni de date à cette lettre. Où était-il ? Quand l'avait-il rédigée ? Je finis mon bol et son toast flottant, me préparai et partis chercher des explications. Mon élan fut interrompu par le jeune coursier, qui m'apporta une nouvelle lettre.

– Ah ! Vous partiez M. Durang ! J'avais oublié de vous remettre ce courrier. Bonne journée !

– De même !

Mon ton était quelque peu embarrassé, car je voyais une nouvelle fois mon départ repoussé. Je ne pouvais me résoudre à partir sans avoir pris connaissance de ce courrier. Installé dans mon fauteuil, j'ouvris l'enveloppe. Elle contenait une seconde lettre de Johnatan.

Jackie,

J'avais oublié de te préciser que je me trouvais actuellement dans le manoir de Ghost Hollow, à trois lieues du cimetière de Green Witch et à deux pas de celui de Bones City.

Je compte y rester de longs mois, peut-être m'y installer définitivement. J'ai fait d'étonnantes découvertes.

Tu peux venir me rendre visite, mais n'apporte ni chien, ni souris.

Ton ami, Johnatan.

Cette lettre me rassura sur un point : je n'avais plus à partir sans savoir où j'allais. Je pris donc de nouveau mes affaires et m'en allais rejoindre mon ami.

Je décidai de faire le voyage en calèche, pour gagner trois jours. J'expliquai au cocher où je devais me rendre. Il refusa de m'y conduire, sans me donner d'explication. J'insistai et lui proposai de le payer davantage. Il accepta de me mener pour un bout de chemin, mais sans entrer dans l'un des lieux que j'avais cités. Il me déposa à une auberge, de laquelle il me restait une journée de marche. J'arrivai à la nuit tombée et pris le dîner et une chambre. Il y avait peu de monde. On me vanta les qualités de la cuisinière, qui était belle, aimable et avait de l'esprit. On ajouta que sa cuisine n'était pas mal non plus. Je pus la visiter et m'apercevoir qu'effectivement, elle était agréable et propre. Quant aux repas, ils étaient succulents, me dit-on. Je me délectais d'une soupe de courge musquée, quand on me demanda ce que je venais faire en ces lieux.

J'expliquai que je faisais une halte avant de regagner le manoir de Ghost Hollow. Les visages devinrent alors fantomatiques, les voix se turent, les tartines tombèrent dans les soupes, abandonnées par les mains figées de terreur.

Je finis ma bouchée – ce qui raisonna dans le silence livide de l'auberge – esquissai un sourire gêné et disparus de table pour gagner discrètement ma chambre. Comprendre quelle méduse avait bien pu les pétrifier m'aurait sans doute empêché de dormir et j'avais besoin de sommeil pour affronter la distance qui me séparait de mon vieil ami.

Je n'avais pas tiré les rideaux et le soleil vint me réveiller suffisamment tôt pour que j'eusse le temps de prendre un petit déjeuner.

Les clients de la veille avaient disparu. La cuisinière me regarda d'un air triste. Alors que je m'apprêtais à partir, elle me plaça dans la main un pendentif en forme de chien.

– Ne vous en séparez pas, dit-elle, il vous protégera. Je dis merci de la tête et partis.

Les paysages que je traversais n'étaient pas des plus verdoyants. Parfois, j'avais l'impression que l'on m'observait ; je sursautai en croyant entendre un bruit, mais c'était le silence qui régnait qui me perturbait. J'atteignis Ghost Hollow à la nuit tombée. Le chemin fleurissait de furtives silhouettes félines qui disparaissaient dès que j'approchais. Enfin je me tins à l'entrée du manoir qui s'ouvrait sur une allée d'herbe à chats. Je gravis les marches gardées par deux imposantes statues de Bastet et toquai au loquet représentant une tête de chien à laquelle on devait ôter l'os de la gueule pour pouvoir signaler notre présence. La porte s'ouvrit dans un « rouhouhou » dont je ne compris pas la signification. Je m'avançai et fus accueilli par un jeune chat blanc aux yeux lagon. Je tendis la main pour le caresser, il se recula timidement. D'autres chats me laissèrent un fauteuil et une table sur lesquels ils s'étaient installés.

Je ne voulus pas les contrarier et pris place là où ils me l'indiquaient.

– Votre maître est-il là ? lançai-je maladroitement. J'eus pour réponse des regards hostiles et quelques postillons. Un bruit de pas résonna et tous disparurent. Je distinguais en haut des marches de l'escalier central la silhouette de Johnatan dans la pénombre.

– Ah, cher Jacques ! Je t'attendais.

Il commença ensuite à descendre les marches, d'un pas plus léger qu'à son habitude. Il n'avait pas cette démarche un peu loufoque ni les cheveux ébouriffés que je lui connaissais. Il avait à présent une certaine classe, un quelque chose de dandy. Il s'avança pour me saluer. Je reculai alors avec effroi en voyant ses longues canines étincelantes. Il rit et son regard aussi changea. À cet instant, un tressaillement fit tomber de ma poche de pantalon le pendentif de la cuisinière. À peine eut-il heurté le sol que je me retrouvai encerclé de dos ronds et de queues ébouriffées tandis qu'une pluie de postillons de chats qui crachotaient s'abattait sur moi. Les yeux me piquaient, la pièce devenait floue, je perdis connaissance.

Je me réveillai dans un magnifique lit à baldaquins... entouré de chats. Johnatan ouvrit la porte et s'assit sur le bord du matelas. Je m'enfonçai dans mon lit en protégeant mon cou des couvertures, mais ne pus disparaître, le matelas était trop dense !

Johnatan sourit et me conta ce qui suit :

– Je suis enfin pleinement heureux Jacques. En me rendant au cimetière aux fins dont je te parlais dans ma première lettre, après avoir patienté quelques heures, d'innombrables silhouettes se détachèrent des pierres tombales et vinrent à ma rencontre. J'étais tour à tour ému, honoré, surexcité, par tant de féline beauté. Je me mis accroupis et attendis que l'un d'eux me choisisse pour compagnon. Ils tournèrent autour de moi en miaulant puis se postèrent en deux rangs pour former une allée au bout de laquelle un vieux chat noir apparut.

– Que viens-tu faire en ces lieux que les humains désertent la nuit ? Viens-tu nous observer pour mieux nous livrer à tes semblables ?

Je ne fus pas surpris par le ton sage et éloquent de sa voix, il s'accordait parfaitement à sa physionomie. Je lui expliquai les raisons de ma présence. Il me répondit que pour gagner la sympathie d'un membre de son clan, je devais passer la nuit avec eux et leur prouver que j'étais digne de devenir leur humain. Cela dura finalement trois semaines. Ils m'initièrent à la chasse à la souris, m'apprirent à disparaître au moindre bruit, à me déplacer en silence, à guetter les dames qui passaient au cimetière après le marché... Au début, j'étais maladroit et mes enseignements se déroulaient uniquement après le départ du gardien. Au bout de deux semaines, je savais suffisamment de tours pour me déplacer en journée, aux heures les moins mouvementées. Le dernier soir, le vieux sage me fit convoquer et me conta nombre d'histoires de chats. Il me révéla alors que tous n'étaient pas nés chats, mais que certains, anciens humains, avaient été choisi pour rejoindre leur clan. À mon grand étonnement, il me proposa de faire partie de ces êtres. J'étais honoré. J'acceptai avec joie. Le vieux sage désigna alors trois jeunes guides qui me conduisirent en ce manoir.

Ses yeux étincelaient en montrant les murs de la demeure.

– À présent, explique-moi pourquoi tu étais en possession du médaillon canin qu'un vieux fou d'un village lointain a façonné en faisant croire qu'il pouvait nous faire disparaître ?

Je lui expliquai ma halte à l'auberge et il rit aux éclats.

– Les humains sont décidément bien habiles pour se communiquer leurs peurs ! ajouta-t-il.

Il se leva, recula d'un pas, ses compagnons tournèrent autour de ses jambes, exhibant fièrement leur postérieur. Un « ronron » unanime emplit l'espace. La vue de cette étrange scène me laissait perplexe. Johnatan dut le sentir et ajouta d'un ton vainqueur :

– Les neuf vies des chats ne sont pas une légende Jacques ! Je vais frôler l'éternité !

Je ne pus m'empêcher de calculer le temps que pouvait représenter neuf vies en années de chat. Je ne sais si Johnatan parlait en années félines ou humaines et je m'abstins de lui poser la question. Il avait l'air heureux, je ne voulais pas troubler ce bonheur. Je lui demandai si je pouvais prendre congé ; tout en le remerciant pour son accueil et ses explications.

Il acquiesça, en m'assurant qu'il viendrait me rendre visite une fois sa métamorphose accomplie. Il me raccompagna jusqu'à la grille du manoir où il me serra dans ses bras. Les pans de sa redingote laissèrent alors entrevoir une longue queue serpentant calmement. Ces gestes hypnotiques m'immobilisèrent un temps, puis, revenant à moi, je pris conscience que je ne retrouverai plus mon ami d'avant. Je le quittai troublé comme au sortir d'un songe et regagnai ma maisonnée.

Johnatan tint sa promesse, il me rendit visite dès qu'il fut chat. Il n'avait conservé d'humain que le langage, qu'il maniait dorénavant avec un je ne sais quoi de félin. Il vint plusieurs fois. Nous étions heureux de nous retrouver, mais ces trajets lui firent perdre deux vies – l'une sous une calèche, l'autre sous les sabots de l'équidé qui la tirait. Les deux fois, le cocher avait été effrayé par un chat qui l'interpellait d'un « s'il vous plaît » – ensuite, je me déplaçais.

Plus tard, il tomba sous le charme d'une jolie persane d'origine siamoise (au caractère bien trempé !) qui s'était égarée près du manoir.

Ils se marièrent et eurent beaucoup de chatons…

Métamorphose

Le petit monde

Marc ne trouvait pas d'emploi épanouissant. Sa vie d'adulte lui paraissait fade et ennuyeuse…

Un jour, ayant appris que le logement qui avait abrité ses rêves d'enfant était en vente, il décida de l'acheter, sans même le revisiter. L'acquérir ne fut pas d'une grande difficulté. Le prix était peu élevé et l'impasse où il se trouvait avait dissuadé les potentiels acheteurs.

En poussant la porte qui tintait toujours de la clochette qui avait tant annoncé les clients, il surprit sa mémoire à retracer « le petit monde » tel qu'il l'avait connu.

L'entrée directe au pays des jouets, l'immense étagère de droite, le léger renfoncement de gauche, les jouets suspendus, le comptoir, l'étagère à peluches et jouets « mis de côté »… et l'ouverture qui menait sur la seconde pièce, celle des maquettes et jeux de société, où se tenait le deuxième comptoir, celui de l'emballage-cadeau.

Le vieil homme qui tenait le magasin et sa femme, paraissaient à ses yeux tels des lutins de Père-Noël, travailleurs appliqués au service de la magie des jouets.

Un objet souhaité n'était pas présent dans le magasin ?

La vieille dame sortait alors un immense cahier à spirales, cherché le nom exact, notait la référence et reportait le tout sur un autre cahier, beaucoup plus petit, celui des commandes. Ils faisaient alors l'impossible pour le trouver et vous appelaient dans les plus brefs délais pour vous dire s'ils avaient pu accomplir leur mission. Il était rare qu'ils ne parviennent pas à exaucer un souhait. Ainsi Marc eut, par la magie qu'ils exerçaient, de magnifiques jouets. Certains sont encore présents et le nombre des années n'a rien enlevé de leur charme.

Tiré de ses songes par un bruit de métal, il se précipita au fond de la seconde pièce.

Il y avait cette petite porte, dont le souvenir lui était lointain, car elle n'appartenait pas au monde du magasin. En fouillant dans le trousseau, il parvint à identifier la clef qui lui correspondait. Il ouvrit lentement la porte qui menait au son métallique et découvrit avec stupéfaction un très beau jardin, dont il était difficile d'estimer la superficie. Il emprunta l'allée de pavés, emporté par la multitude de senteurs qui émanait de ce lieu paisible. Le temps suspendu retomba au son désagréable qui se répéta. Se retournant, Marc aperçut la silhouette d'un chat dans l'obscurité qui prenait déjà place. Ses yeux fixes luisaient, éclairant son sombre visage. Le froid s'installait et Marc aurait aimé prendre sa veste restée à l'entrée, mais la présence inattendue de ce chat qui l'ôtait de ses rêves, le pétrifia. Ils restèrent quelques instants immobiles, chacun à observer l'intrus. Puis, le félin passa une patte derrière l'oreille et disparu comme il était venu. Un frisson traversa le dos de Marc. Quelques secondes encore et il osa enfin poser un pied devant l'autre jusqu'à la petite porte. Il la referma à clefs et aperçu dans la vitre, le reflet du chat qui l'observait. Comment avait-il pu rentrer ?

Il cligna des yeux et se posta devant la porte de l'arrière-boutique, qui contenait jadis, des trésors de jouets.

Le vieil homme l'avait présentée à Marc quand il était enfant. Peu de personnes connaissaient son existence…

Voyant que notre homme ne réagissait pas, le félin entreprit de gratter à la porte en miaulant. Marc finit par chercher la clef, mais ne la trouvait pas. Il ne l'avait pas. Le chat tourna en rond quatre fois, miaula et se dirigea derrière le comptoir à emballages. Là, sous un tapis, que le chat déplaça en se roulant dessus, se trouvait une trappe fermée d'un cadenas, dont Marc n'avait, bien sûr, pas la clef.

Le chat devint fou. Il passa la patte sous le comptoir, d'un côté, puis d'un autre… Jusqu'à ce qu'un objet brillant dépasse. Marc tira sur le morceau à découvert. C'était une jolie clef ciselée, attachée à un cordon tressé. Elle permit d'ouvrir le cadenas. La trappe renfermait une petite boîte de bois décorée d'un lutin farceur. À l'intérieur de cette boîte se trouvait la clef de la porte que le chat convoitait. Marc la prit et ouvrit la porte de la remise.

Quelle surprise ! Les jouets et jeux de société étaient toujours sur les étagères.

Marc fut tiré de la béatitude dans laquelle cette découverte l'avait plongé par le rebond d'une balle musicale que le chat fît tomber en escaladant les étagères. Arrivé à la plus haute, son regard fixa le plafond. L'homme ramassa la balle et contemplait les jouets. L'animal miaula, se mit sur les pattes arrière et gratta frénétiquement le plafond. Marc cherchait un escabeau pour le faire descendre, quand les griffes du félin, arrachant le revêtement, révélèrent une poignée. Décidément, ce chat semblait en savoir long sur ce magasin ! Fouillant la pièce à la recherche de quelque chose qui pourrait le hisser, le nouveau propriétaire des lieux trouva une perche, qui lui permit d'ouvrir la trappe. Un escalier se déroula alors, que le chat s'empressa d'emprunter. Marc, le suivi timidement. Il s'attendait à arriver dans un grenier poussiéreux… Il tâtonna à la recherche de la lumière, ne trouva pas d'interrupteur. L'obscurité avait fait disparaître le chat, et notre ami, peu rassuré, s'apprêtait à redescendre pour revenir avec une lampe, quand un point lumineux apparut au loin, bientôt suivi d'une multitude de semblables. La pièce, qui paraissait immense, était à présent illuminée de toute part. La lumière, scintillante, donnait à l'espace un aspect enneigé, tel un paysage de fin d'année. Marc n'osait plus bouger, subjugué par tant de beauté. Il finit par reprendre ses esprits et s'avança lentement dans cette féerie. À chaque pas qu'il faisait, il découvrait de minuscules jouets, des scènes complètes, en bois ciselé. Ces merveilles ornaient d'innombrables étagères sculptées. Certains personnages descendaient du plafond, suspendus à des fils invisibles donnant l'illusion qu'ils volaient. Elfes, enchanteurs, dragons, mais aussi personnages célèbres de contes de fées, se trouvaient réunis en ce lieu magique. Au fond de la salle, le mur comportait de petites grottes dans lesquelles étaient mises en scène de fabuleuses histoires. Dans son émerveillement, Marc avait oublié le chat, qui trônait à présent sur une étoffe de velours rouge, recouvrant un coussin douillé, au sommet d'une montagne de bois sculpté. Il semblait sourire.

Marc, le voyant, s'approcha de lui. Le chat lui indiqua du regard une porte derrière lui. Cette fois, il n'y avait pas de clef. Elle s'ouvrit à l'approche du nouveau propriétaire et révéla une pièce dont le sol était recouvert de mousse. Marc ôta ses chaussures avant d'y pénétrer. Le chat sourit et d'un bond, le suivi. Des lianes pendaient du plafond verdoyant, certaines formaient de jolies balançoires. Marc, persuadé à présent de rêver, se laissa aller au plaisir d'en choisir une pour s'y balancer. Ce balancement fît apparaître une ouverture dans un vieux chêne immense.

Marc descendit, s'approcha doucement de l'arbre, dont le tronc renfermait une magnifique pièce éclairée. À l'intérieur, il découvrit une reproduction du magasin en bois, avec ses anciens propriétaires et… lui, enfant ! Il écarquilla les yeux, s'approcha encore… La scène s'anima. Puis, le film de ses visites se déroula devant lui.

Le chat, assis à ses côtés, observait cet être qui avait su garder la curiosité et la sensibilité de son enfance. Cet être, qui s'ennuyait tant parmi « les grands ». Cet être, capable de reprendre le magasin…

– Nous allons te révéler ce que l'ancien propriétaire a préféré ne pas te dire. En te faisant découvrir la remise, il voulait te faire connaître l'existence de ces salles, mais tu étais très jeune. Comme tous les enfants, les jouets industriels te faisaient rêver. Il ne voulait pas t'amener ici trop tôt. Il voulait que ta sensibilité particulière te ramène vers nous d'elle-même, que tu découvres l'envers de l'industrie du jouet avant de revenir. Ainsi, tu serais prêt. À l'époque, tu aimais tant les jouets qu'il espérait que cela continuerait. Il croyait en toi. Nous avons continué à t'observer pendant toutes ces années. Il y avait tant d'éveil des sens en toi que tu étais capable d'insuffler une âme à chaque jouet que tu touchais, même aux jouets industriels de grandes séries. Quand, avant de dormir, tu te disais que la nuit ils s'animaient, tu ne rêvais pas ! Grâce à toi, ils le faisaient vraiment ! Nous savons qu'au fond, cette magie existe toujours en toi, c'est pourquoi tu as acheté ce magasin. Il t'avait émerveillé, mais au-delà, tu sentais qu'il avait beaucoup à te dire. Ce n'est pas pour vivre dans le souvenir que tu es là. C'est pour faire renaître la magie de l'enfance et la partager !

Le chat se tût, attendant une réponse.

Marc, reculant, se disait que ce rêve était trop riche en émotions, qu'il valait mieux se réveiller avant de tomber dans une nostalgie définitive. Il sortit de l'arbre, caressa son tronc, la mousse du sol, versa quelques larmes qu'il ne pouvait plus contenir, franchit l'entrée, retraversa la pièce féerique, s'arrêta sur les premières marches de l'escalier qui allait le ramener à la réalité, les yeux emplis de larmes, descendit.

Il referma la trappe et alla se coucher.

Quelques mois plus tard, le plus merveilleux magasin de jouets ouvrit ses portes.

On dit que le propriétaire, accompagné de son chat, savait mieux que quiconque, fabriquer les jouets qui émerveillaient les enfants. On dit même que les parents et grands-parents pleuraient de joie en sortant de la boutique, avec dans les yeux, une étincelle qu'on ne leur avait jamais vu avant !

La suite fut moins heureuse pour les « grandes marques » de jouets industriels, qui tentèrent en vain de sortir des gammes de jeux « nostalgie et compagnie », qui n'intéressèrent pas les enfants.

Bon nombres de grandes enseignes finirent par disparaître.

Ah ! J'oubliais ! Marc, révéla aussi ses secrets à quelques enfants qui s'ennuyaient parmi « les grands ». Ils ouvrirent ensuite, à leur tour, de merveilleuses petites boutiques…

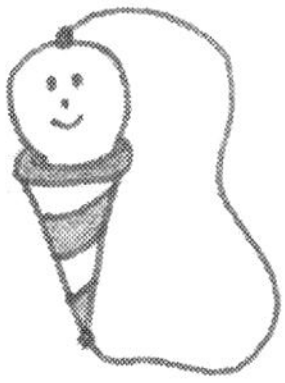

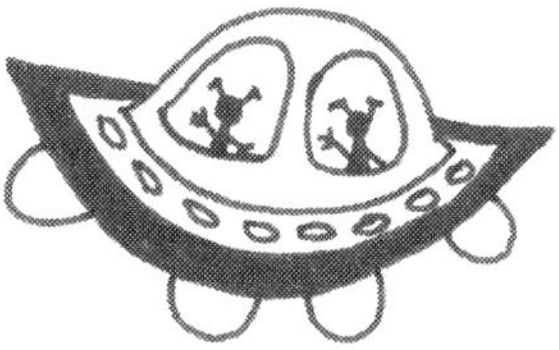

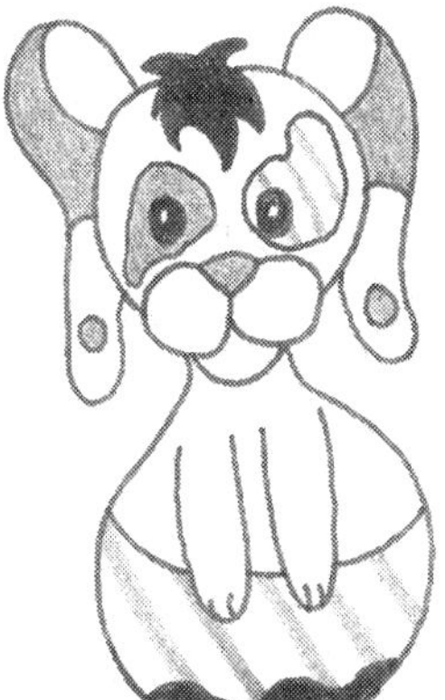

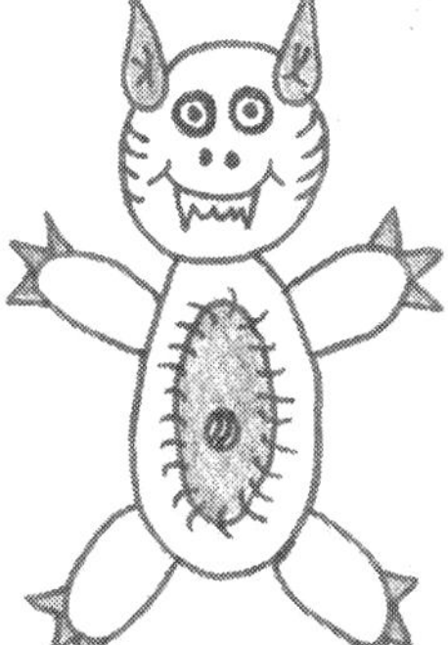

D'un genre étrange

Cela faisait plusieurs semaines que les affiches sur les poteaux et les arbres se multipliaient, mais Greg n'y prêtait toujours pas attention.

Il était très occupé et même préoccupé par son travail. Il avait quitté la ville et son emploi de publicitaire au profit des espaces verts non clôturés, gérés, domestiqués. En emménageant ici, il avait d'abord décidé de vendre des produits du terroir, puis en vint aux arrosoirs. C'était ce dernier métier qui le préoccupait – ce qui peut vous étonner. Il faut savoir que Greg, dans son très jeune temps, était en fait un excellent dessinateur et un peintre de talent. Mais les années passant, délaissant l'art, il choisit l'argent. Dès lors, l'obsession de son compte en banque fructifiant lui fit perdre tout talent. Bref… revenons à nos arrosoirs. Après en avoir vendu quelques-uns, une idée lui vint. Il ressortit peintures et pinceaux et les arrosoirs rendit beaux.

Au moment où nous arrivons dans sa vie, sa petite boutique se portait bien, mais l'inspiration lui manquait. Il se contentait donc de s'adonner à la reproduction. Tout cela le préoccupait et l'empêchait de voir les fameuses affiches dont je vous parlais d'emblée. Alors soit, passons pour le moment sur ce point et suivons notre protagoniste…

Un soir, après avoir quitté ses arrosoirs, il se dirigea lentement vers sa maison, fatigué, pensif, ne s'apercevant même pas des quelques déjections nauséabondes semées par les chiens au cours de la journée. Il venait de laisser par inadvertance, sa chaussure gauche patauger dans l'une d'elles, lorsqu'une ombre furtive passa devant lui. Ce devait être un chat ! C'est en tout cas ce qu'il décida, sans laisser à son esprit le temps de vagabonder vers d'autres hypothèses. Il arriva enfin chez lui, mangea rapidement et se mit au lit. Mais le sommeil se faisait attendre et Greg commença à s'impatienter. Il se leva, alla se chercher un verre de lait et s'approcha de la fenêtre, comme espérant de la lune qu'elle lui accorde de doux rêves. Il la regarda d'un ton suppliant, puis ses yeux parcoururent la ruelle, de gauche à droite, de droite à gauche, dans un hypnotique mouvement de balancier, avant de cligner à la vue de l'ombre que Greg avait déjà croisée.

Greg, son verre de lait, son pyjama et ses chaussons (vaguement) Chewbacca

Vous remarquerez son étonnement à la vue de l'ombre.

Cette fois, son apparition fit réagir notre protagoniste. Il enfila son manteau au-dessus de son pyjama, troqua ses chaussons Chewbacca contre ses tennis et sortit à la lueur de la lune, pleine, blanche, fascinante. Il l'observa un temps, puis, armé de son parapluie, prit la direction que la forme fuyante avait empruntée ; muni d'un vague espoir mêlé de crainte de la retrouver. Il fit ainsi trois fois le tour du village sans la revoir. La pluie s'étant invitée à l'excursion, il rebroussa chemin. Arrivé chez lui, trempé et perturbé par cette vision, il décida de se plonger dans un bain chaud avant de se recoucher. L'effet relaxant lui permis de regagner calmement son lit et de passer une bonne nuit.

Au matin, Greg s'éveilla empli d'une humeur joyeuse qui l'étonnait. Il ne pensait plus à son ombre et sentait que l'inspiration lui revenait. Il prit de nouveaux pinceaux dans son atelier et s'en alla rejoindre ses arrosoirs. C'est alors qu'en chemin, il aperçut une affiche sur un arbre. Intrigué, il s'approcha pour la lire. Il s'agissait d'un avis de recherche. Poupoune avait disparu ! À vrai dire, Greg ne connaissait par Poupoune, mais à voir la photo qui la représentait et à lire l'avis déchirant laissé par sa propriétaire, il ne put que compatir à son chagrin. Il versa une larme, puis repris son chemin. C'est alors qu'il s'aperçut du nombre étonnant d'affiches dans le village ! Il s'approcha de quelques-unes et, voyant que chaque fois il s'agissait d'un chat différent avec un avis tout aussi alarmant et une photo tout aussi pompeuse, il crut à un canular. En y réfléchissant plus, ce pouvait être l'œuvre d'un artiste. Mais il se souvint ensuite qu'il avait quitté la ville et qu'ici, en ce village, ces hypothèses étaient peu probables. Il se rendit alors à la mairie et croisa le maire, lui-même peiné d'avoir perdu Edmée, sa douce chatte persane. Tout ceci est insensé ! Pourquoi ces chats disparaissaient ? La suite vous fera sans doute moins sourire et permettez-moi, par respect pour ces chats, de m'éloigner des arrosoirs et de suivre Greg dans sa volonté de comprendre cette histoire.

Greg, perturbé par ces disparitions successives, ne put s'empêcher de tenter d'enquêter. Il parcourait les ruelles, à la recherche d'un indice. Un collier, un jouet, une boule de poils… tout ce qui pouvait appartenir à un chat était soigneusement ramassé par ses mains gantées et mis sous pli dans des sacs congélation (parce qu'ils ressemblaient à ceux des enquêteurs !). Cela dura quelques jours, puis Greg, un matin, se dit qu'il valait mieux laisser tomber. Il n'était pas enquêteur, mais surtout, au fond, il se rendait compte qu'il ne croyait pas vraiment en cette histoire. Le nombre des affiches, les photos de chats pompeux allongés sur des coussins dorés et « embijoutés » de la tête aux pattes, tout cela sonnait faux. Il revint donc à ses arrosoirs et ne s'occupa plus de cette histoire.

Cela dura quelques jours, puis Greg, un matin, trouva une carte de visite glissée sous sa porte au nom d'un certain Détective Mattew*, avec au dos, ces inscriptions :

J'ai le sentiment que vous en savez plus que vous ne voulez vous l'avouer. Contactez-moi et nous résoudrons ensemble le mystère qui entoure ces disparitions.

Qu'est-ce que tout cela signifiait ? On se moquait sans doute de lui. Il décida de ne pas appeler. Il n'avait rien à lui

---

* L'orthographe de ce prénom est (une fois de plus) librement décidé par l'auteur qui vous laisse deviner les raisons possibles d'un tel choix.

dire et ne voulait plus s'impliquer dans ce qui lui paraissait trop invraisemblable pour appartenir au réel. Il alla placer un écriteau « en congés jusqu'à nouvel ordre, mais en cas d'urgence-arrosoir, appelez-moi » sur la porte de sa boutique et rentra chez lui. Il ferma la porte à clef, et se mit à peindre sa prochaine collection de ces sympathiques récipients à eau.

La journée se déroula sans que Greg ne prête attention aux heures et quand la lune vint prendre le relais du soleil, un fracas se fit entendre. Greg sursauta. Le bruit venait du jardin. Il prit sa lampe-torche et alla voir ce qui se passait. Il ne trouva rien, si ce n'est, un bol de porcelaine blanche, cassé, tombé du muret qui entourait le vieux potager. Greg ramassa les morceaux et machinalement les assembla. On pouvait alors lire « Nice » dans une jolie calligraphie dorée, à côté de la peinture d'un jeune chat qui buvait du lait. Tenir ce bol provoqua un choc à Greg. Il n'avait pas remis les pieds dans cette partie du terrain depuis si longtemps…

Une larme coula sur son visage. La pluie vint accompagner cette goutte salée et Greg resta accroupi, immobile, les yeux fixant ce qu'il restait de cet objet dont lui seul avait le secret. Un secret qui pesait tant qu'il avait préféré le laisser s'enfoncer au plus profond de ses souvenirs, jusqu'à ce qu'il soit suffisamment recouvert pour ne peut-être plus réapparaître. L'orage ajouta son tonnerre à la pluie battante et Greg sortit suffisamment de sa torpeur pour se dire qu'il lui fallait rentrer.

Il emporta avec lui les débris de porcelaine et se dirigea vers la maison. Sur l'allée pavée apparut soudain l'ombre. Mais cette fois, elle ne bougea pas. Greg, grelottant, peinait à voir à travers la pluie à présent torrentielle qui s'abattait sur ses yeux. Il tenta de forcer son regard, les yeux de l'ombre le fixèrent, et elle disparut. Il courut sous la pluie, voulut la retrouver, mais une fois de plus, elle lui avait échappé. Il rentra chez lui, pris un bain qui n'eut pas l'effet espérer, et se mit au lit. Cette nuit-là, il la passa à grelotter et à ne s'assoupir que pour être éveillé en sursaut par d'innombrables cauchemars.

Au matin, il ne se leva pas. La pluie lui avait apporté fièvre et courbatures et il attendit midi avant de pouvoir accéder à une infusion au miel, qui contribua à l'éclaircissement de ses sentiments.

Il passa presque toute la journée au lit. En début de soirée, le téléphone se mit à sonner. Greg ne répondit pas. Il venait de trouver sommeil et la sonnerie ne parvint pas à l'extraire du rêve étrange dans lequel il était plongé…

Au matin, la fièvre avait disparue. Quelques courbatures subsistaient, mais notre personnage se sentait mieux. Il allait se remettre à la peinture quand le téléphone sonna.

– J'ai déjà tenté de vous appeler hier, mais peut-être étiez-vous absent. Je suis le détective Mattew. J'ai quelques questions à vous poser !

Greg n'avait aucune envie de lui parler et il allait raccrocher quand la voix l'interpella.

– Vous arrive-t-il de croiser des ombres, M. Roger ? Ou plutôt, une ombre ?

Greg souffla.

– Votre silence parle plus que vous…

Craignant un possible danger à entrer en contact avec cet individu, Greg raccrocha.

Quelques heures plus tard, on sonna à la porte.

Greg ouvrit. Il n'y avait personne. Il sortit sur le palier, regarda alentour pour voir si ce n'était pas les enfants du village qui s'amusaient encore avec les sonnettes. Personne. Aucun cri. Aucun bruit. Seul le souffle du vent voguait dans le silence. Greg remonta le col de son pull et rentra. Il ferma la porte à clef, comme il en avait pris l'habitude ces derniers temps. Il alla à la cuisine se chercher un verre de lait. Puis regarda par la fenêtre les variations du vent dans les feuilles des arbres du voisinage.

– M. Roger !

Il tressaillit, puis se figea, incapable de se retourner, prisonnier d'une terrible peur. Il entendit des pas légers, très légers. Il eut le réflexe de fermer les yeux. Soudain, les pas, trop prêts pour qu'il ne sente pas leur présence, s'arrêtèrent… à côté de lui. Il poussa un cri d'horreur et courût prendre son parapluie, qu'il ouvrit pour en masquer son regard. Les pas le suivirent, agiles, rapides. Soudain, ils s'évanouirent et retombèrent avec fracas… sur son parapluie !

Greg était terrorisé.

– M. Roger. Qu'est-ce qui vous effraie tant ?

Les pas retombèrent du parapluie et celui-ci fût soulevé. Greg fermait les yeux, se recroquevillait, criait. Quelque chose le toucha. Il hurla, sursauta et vit… quelque chose qu'il ne pouvait croire. Sans doute s'était-il endormi sans s'en apercevoir. Sans doute faisait-il un cauchemar !

– M. Roger. Mon but n'était pas de vous effrayer. Simplement, après mes tentatives infructueuses de communications téléphoniques, je devais vous rencontrer…

Cette voix ! C'était lui !

– Calmez-vous M. Roger. Nous avons des choses à comprendre ensemble il me semble !

Il était là ! Comment était-il entré ? Et comment avait-il pu se procurer un chapeau, un imperméable ? Comment pouvait-il parler ? Un cauchemar ! Ce ne pouvait-être qu'un cauchemar !

Greg prit son parapluie et se piqua avec, se frappa avec, essaya d'en croquer un morceau !

Mais il ne se réveillait pas !

Le détective Mattew attendit un temps que Greg se calme. Quand il le sentit plus apte ; il reprit.

– Je sais que mon apparence peut vous troubler. Mais comprenez que chaque affaire a le détective qui lui sied. Si je viens vers vous, c'est que, comme je vous l'ai déjà dit, il me semble que vous êtes lié à cette affaire. Et que vous avez un rôle que je dois comprendre pour l'élucider.

Peu à peu, Greg se calmait.

La présence du détective et sa voix ronronnante finirent même par le rassurer. Il finit par se lever et proposa à son visiteur un verre de lait que celui-ci accepta avec joie. Tout en buvant, il observait et écoutait le détective lui narrer les faits qu'il avait pu observer et l'une des raisons pour laquelle il s'était tourné vers lui. Il était en fait présent à la mairie le jour du passage de Greg et avait décelé dans son implication à l'enquête quelque chose de plus profond qu'il n'y paraissait. Il se fiait toujours à son instinct pour travailler, celui-ci ne l'avait jamais trompé. À présent, Greg n'avait plus aucune réticence à l'idée de suivre Mattew. Son apparence ne l'étonnait plus. Elle lui semblait même aller de soit dans cette enquête. Tout en parlant, le détective posa les yeux sur le bol de porcelaine que Greg avait rapporté du jardin. Il ne put s'empêcher de le questionner à ce propos. Le visage de Greg se ferma et il refusa de répondre. Le détective examina le bol, le sentit de part et d'autre et récupéra quelques poils qui étaient restés attachés à l'un des morceaux malgré la pluie. Greg, pendant ce temps, regardait par la fenêtre. Soudain, il alerta Mattew. L'ombre venait de passer.

Tous deux se précipitèrent dehors. Ils ne virent rien mais entendirent un cri de chat accompagné d'une clochette qui s'agitait. Ils se dirigèrent vers l'endroit d'où provenaient les bruits. À leur arrivée, ils ne trouvèrent qu'une clochette au sol. Pas la moindre trace de pas, ni quoi que ce fut d'autre. Le détective se mit alors à sentir le sol et, les pupilles changeantes, il dit à Greg de le suivre. Ils traversèrent le village et le champ le plus proche. Arrivé à l'orée de la forêt, le détective s'arrêta. Ils ne pouvaient aller plus loin, toute trace se perdait en pénétrant dans les bois. Greg, essoufflé, arriva après Mattew et ne comprenait pas pourquoi il fallait s'arrêter. Mattew lui expliqua qu'en forêt, toute trace se perdait et qu'avec la nuit, il valait mieux rebrousser chemin plutôt que de pénétrer en ces lieux. C'est donc ce qu'ils firent, en se donnant rendez-vous le lendemain.

Mattew vint chercher Greg. Ils allèrent ensemble jusqu'à la forêt. À l'entrée, le détective lui expliqua qu'il ne devait pas s'éloigner seul une fois à l'intérieur, qu'il devait être très attentif au moindre bruit et éviter d'aller vers les animaux qu'ils pourraient rencontrer. Greg ne comprenait pas l'intérêt de toutes ces précautions, mais accepta les règles. Après avoir longuement marché à travers ronces et fougères, ils commencèrent à désespérer de trouver quelques indices en ces lieux. Greg avait oublié une partie des consignes lorsqu'il vit une tache rouge au loin. Tremblant quelque peu, il préféra en avertir Mattew sans rien tenter qui ne put être contraire au règlement. Mattew lui-même sembla peu rassuré en la voyant. Il dit à Greg de le suivre en silence et se dirigea vers la tache.

À mesure qu'ils se rapprochaient, ils pouvaient s'apercevoir que la tache n'en était pas une. Elle leur semblait plutôt être une fleur à la taille démesurée, d'aspect proche du pavot. À moins que ce ne soit du tissu. Peut-être un coton léger. Se rapprochant toujours, ils reculèrent en voyant la forme rouge se mouvoir. Soudain, elle poussa et forma une sorte de champignon, qui se terminait en pointe. Les enquêteurs ne purent contenir un cri, qui effraya la chose. Elle se tourna vers eux et laissa entrevoir son visage… de jeune fille. Les acolytes soufflèrent. Ils ne perdirent pas plus de temps et lui demandèrent ce qu'elle faisait seule ici et quel était ce tissu qui ressemblait tant à un végétal.

Elle répondit en rougissant qu'elle cueillait des fleurs et que sa longue cape était faite dans un tissu léger dont seule sa grand-mère avait le secret. Mattew jeta un œil dans le panier et jugea que cette rencontre ne ferait pas avancer l'enquête. Ils piétinèrent encore quelque temps en forêt et allaient partir sur une autre piste quand Mattew vit quelque chose briller entre les fougères. Il s'agissait d'une médaille sur laquelle était gravé le nom d'Edmée. L'espoir d'éclaircir le mystère revint et avec lui Greg et Mattew avancèrent. Ils s'arrêtèrent ensuite à un ruisseau pour s'abreuver. Greg, assis sur une pierre, fixait l'eau d'un air absent, tandis que Mattew buvait. Remarquant qu'il restait ainsi assez longtemps, il l'interpella pour lui demander des explications sur cet état.

Greg, l'air vague, lui conta alors ce qui suit :

– Il s'appelait Nice. Je l'avais nommé ainsi car quand il était arrivé à la maison, il était mignon, et je ne doutais pas qu'il soit gentil. Il était âgé d'environ deux mois. Je l'avais trouvé lors d'une promenade dans un village voisin. Les premiers jours, tout se passait au mieux. Il avait établi refuge dans une partie d'un meuble qui comportait une ouverture sur l'arrière et je n'ouvrais que timidement la porte deux à trois fois la journée pour m'assurer que tout allait bien sans trop le déranger. Il était distant et craintif, mais cela me paraissait normal pour un petit chat trouvé. Ce qui me questionnait quelque peu était son attitude au matin, lorsque, pour la première fois du jour, j'ouvrais la porte. Il reculait et crachotait comme si je lui étais tout à fait inconnu. Alors je laissais passer quelques secondes en lui parlant, puis j'approchais lentement la main. Parfois je pouvais un peu le caresser, d'autres fois, je sentais qu'il ne fallait pas insister. Le temps passa. Il grandit en gardant une distance marquée. On se croisait plus qu'on ne vivait ensemble. Puis, un soir, rentrant de la boutique, je m'installai sur un fauteuil pour lire. Alors, pour la première fois, il sauta sur mes genoux, s'assit, et me regarda. Je supposai qu'il se domestiquait quelque peu et le caressai. Il ronronna, puis me regarda d'un air tendre. Confiant, je posai mon livre pour mieux apprécier ce temps d'échange. Il suivit des yeux mes mouvements, me fixa de nouveau et tout-à-coup son regard s'obscurcit et il me sauta au visage. J'eus le réflexe de fermer les yeux et sentis ses griffes et ses crocs pénétrer ma chaire. Je le frappai. Il me lâcha et traversa la pièce dans un miaulement strident dont je tremble encore en vous parlant. Je courus à la salle de bain pour désinfecter au mieux mes plaies et m'apercevoir dans la glace qu'elles ne reflétaient pas la douleur et la sensation qui m'avaient parcouru lors de son agression. On ne voyait que quelques petits points rouges, mais ils me faisaient souffrir. Une fois soigné, la peur d'une autre attaque m'envahit et je quittai la salle de bain avec l'impression que Nice allait surgir à tout instant. Finalement, je ne le revis pas ce jour-là. Il avait quitté la maison par la porte de derrière restée entrouverte. Perturbé par l'étrangeté de son regard et la violence avec laquelle il s'était jeté sur moi, je décidai d'appeler le vétérinaire le plus proche, pour lui demander conseil. Il écouta attentivement mon récit et me conseilla de mettre Nice à la porte et de simplement lui donner à manger. Mais surtout, il me précisa de ne le faire rentrer sous aucun prétexte. Sa réponse me laissa d'abord perplexe, puis je me dis que ce chat pouvait sans doute s'avérer vraiment dangereux et qu'il valait mieux que je suive ses instructions. Je pris donc le bol de Nice et le posai sur le muret du vieux potager. Matin et soir, je lui portais de quoi manger. Jamais je ne le voyais. Peu à peu, je découvrais des pattes de lézards et autres restes de petits animaux sur le chemin qui menait au bol. J'augmentai donc les quantités de nourriture et un jour, je ne vis plus rien. Le bol resta plein et ne se vida plus. J'ai supposé que Nice avait disparu...

– C'est bien ce que je craignais ! Je crois que nous avons affaire à un psychocat ! conclut Mattew. Nous devons agir. Vite ! Il sauta sur ses pattes postérieures et tous deux reprirent le chemin qui devait les mener au terrible animal. La nuit commençait à troubler la vue et Greg, essoufflé, peinait à suivre Mattew dont la rapidité et l'agilité en ces lieux ne cessaient de le surprendre. La distance entre-eux ne faisait que croître et il était sur le point d'abandonner, de se laisser tomber et d'attendre le jour dans l'espoir de retrouver Mattew et son chemin qui s'éloignaient toujours plus, quand l'ombre se jeta sur le détective. Greg hurla et courut. L'ombre, qui semblait avoir grandit, le regarda. Ses yeux maléfiques se fixèrent à son visage et dans un rire démoniaque elle ouvrit grande sa gueule, laissant apparaître de longues canines luisantes qui s'enfoncèrent dans Mattew.

À cet instant, un voile de pourpre les recouvrit, faisant de leurs corps un seul monticule informe. Des loups encerclèrent l'assemblée et des cris et hurlements retentirent. Greg, pétrifié d'effroi, ne pouvait qu'assister impuissant à l'étrange et horrible scène qui se déroulait devant lui. Soudain, il lui sembla entendre un ordre dans une langue mystérieuse à laquelle répondirent les loups en reculant. Le voile de pourpre se leva, découvrant la jeune fille que Greg et son malheureux compagnon avaient rencontré. Entre ses bras se trouvait Mattew, inanimé. Quelques gouttes de son sang s'étaient mêlées au pourpre de la cape de celle dont Greg, malgré l'abattement, ne pouvait qu'être fasciné par l'insaisissable beauté. Une beauté qu'il n'avait aucunement remarquée en plein jour.

– Ne craignez rien, lui dit-elle d'une voix dont la douceur chantante l'enivrait, nous allons nous occuper de votre ami. Le choc émotionnel a été plus important que la blessure ; c'est ce qui l'a plongé dans cet état. Il lui faut à présent le calme et les bienfaits de la forêt pour se rétablir. Elle appela un loup dans cette même langue que Greg avait précédemment entendue. L'animal se présenta à elle. Elle enveloppa Mattew dans une étole qu'elle portait en ceinture et le lia au loup en le posant délicatement sur son dos. Ensuite, elle appliqua un onguent sur la blessure du détective et souffla sur une plante lumineuse qui répandit un parfum délicat que Greg n'avait jamais sentit auparavant. Mattew ouvrit les yeux, regarda autour de lui, de l'air interrogateur qu'il avait toujours eu. La jeune fille posa le doigt sur ses lèvres et lui dit qu'il n'était pas encore l'heure de parler, qu'il fallait d'abord reprendre force et vitalité. Elle sortit de sa poche une pluie de pétales scintillantes et il s'endormit. Les loups allaient l'emmener, quand Greg exprima le souhait de rester à ses côtés.

– Ta place n'est pas ici, lui répondit-elle.

À ces mots, le regard de la jeune fille changea. Quelque chose de félin émanait à présent de cette troublante demoiselle. Quelque chose qui attirait Greg malgré lui. Le temps suspendait ses heures dans la magie de cet attrait, quand quelque chose sauta sur le jeune homme. Cette chose était bien décidée à l'emporter dans ses ténèbres et avant que ses crocs n'atteignent sa peau, Greg put reconnaître, sous la noirceur informe qui l'enveloppait, le visage de Nice...

Au levé du jour, Grégory ouvrit les yeux. Une magnifique journée l'attendait. Il le sentait.

Il se leva d'un bond, embrassa tendrement Mary, qui lui avait préparé un délicieux petit déjeuner.

Il lut les grandes lignes du journal, sans trop y prêter attention et alla se préparer. On sonna à la porte. C'était Mathieu, son ami d'enfance qui venait le chercher pour une randonnée. Mary voulait rester à la maison, elle était occupée à repeindre les outils de jardin en des tons extravagants dont elle seule avait le secret. Grégory prépara son sac à dos et embrassa une fois encore sa compagne avant de partir. Elle était si jolie dans sa robe rouge volantée.

Mathieu avait prévu l'itinéraire. Ils passeraient par la forêt, puis regagneraient la rivière au rocher, pour finir la boucle qui les ramènerait à la maison de Grégory avant la nuit. Ils marchèrent longtemps, puis s'arrêtèrent pour s'abreuver. Quand ils reprirent leur chemin, ils décidèrent de chercher des champignons afin de les déguster le soir-même avec Mary. Ils en récoltèrent quelques-uns avant que Grégory ne soit attiré par quelque chose de sombre, au loin, sur le sol. Il s'approcha et découvrit, encerclé de ronces et fougères, une sorte de flaque noire nauséabonde, qui ressemblait à du goudron. Au milieu de cette matière étrange se trouvait ce qui semblait être le cadavre d'un chat…

Confession d'un vieil écrivain

Et voilà ! J'en suis là, une fois de plus ! Ça se passe toujours au septième mois. Allez savoir pourquoi ! Pourtant, je m'étais préparé. Je pensais pouvoir éviter le désastre…

Cela est arrivé lentement, de manière insidieuse, comme à l'accoutumée.

Oh ! Pardon ! Oui, je vais me présenter.

Je m'appelle Charles Lockworm. Je suis écrivain. Les revenus de mes publications me suffisent amplement pour vivre une grande partie de mes rêves d'enfant et d'adulte. Ils me permettent également de choisir minutieusement mes lieux d'habitation, même si je déménage souvent.

Je venais justement d'emménager dans un hameau aux abords d'une charmante forêt quand je dus me rendre à l'éternelle évidence de mon incapacité à faire de mon logis un endroit propre et un tant soit peu rangé. Il me fallut donc partir à la recherche d'une compatissante dame pour le nettoyage, qui pourrait mettre un peu d'ordre de temps à autre dans les pièces (hormis dans la bibliothèque qui me sert également de bureau et où personne ne doit pénétrer !) et donner à manger à Lewis lors de mes périodes d'intense écriture.

Pardon ? Ah ! Lewis est mon compagnon. C'est un adorable chat tigré qui donne l'impression de sourire lorsque mes écrits lui plaisent ! Il est quelque peu âgé, mais se porte comme un charme. Le temps ne parvient pas à étendre son emprise sur lui et je m'en réjouis ! C'est merveilleux !

Pardon ! Je reprends ! Après avoir reçu bon nombre de lettres, je finis par recevoir Mrs Pleasant, dont le nom et les qualités mises en avant dans le courrier me faisaient penser qu'elle conviendrait.

Oui, j'avais laissé une annonce avec mon adresse au pub et une autre à la librairie.

Pour notre entretien, j'avais pris soin de l'accueillir vêtu de ma plus belle robe de chambre et de mon chapeau de paille à fleurs, sans oublier mes chaussons fétiches, ceux sur lesquels j'ai moi-même brodé la silhouette de mon chat sur un nénuphar ! Elle ne parut pas étonnée ! Je ne m'étais donc pas trompé ! Avant qu'elle n'ouvre la bouche, je me précipitai de lui annoncer qu'elle était engagée !

Les premiers jours se déroulèrent à merveille. Elle était silencieuse et appliquée, j'étais ravi et concentré. Puis, les chaussettes commencèrent à s'accumuler au sol, les sachets de thé s'incrustèrent dans le parquet, le biscuit ajouté au miel se mit à coller… Mais Mrs Pleasant ne disait rien !

Sa patience et son sang-froid m'étonnaient et me rassuraient.

Je tenais tout de même à me contrôler pour que l'amoncellement n'atteigne pas les degrés que je lui avais connu !

Je faisais ce que je pouvais. Je tentais d'écrire tout en me concentrant sur ma tasse, mes chaussettes, ma cuillère de miel, mes biscuits… Et même sur la brosse à dents, les serviettes, les caleçons, les assiettes, le pain, les œufs, les jouets de Lewis, les encriers, les plumes, le papier... Mais cette liste interminable de choses auxquelles je devais me forcer de prêter attention en plus d'écrire me hantait jour et nuit et finissait par envahir mes rêves et pensées et puis... inévitablement... ces objets s'en prenaient à mes écrits ! Je ne pouvais les dompter ! Ils s'étalaient sur mes pages, les tâchaient et finissaient par plonger en elles !

Ainsi, tout ce que je voulais écrire disparaissait pour laisser place à des histoires de sachets de thé trop nombreux pour une seule tasse, de serviettes qui ne séchaient pas assez vite, de pain grillé qui râlait de ne pouvoir être mangé... Bref ! Finis les écrits philosophiques ! Le quotidien m'envahissait !

Je ne pouvais continuer ainsi ! Je pris donc la décision de ne plus m'en occuper pour me libérer et libérer ainsi mes créations ! Cela fonctionna à merveille ! Je me remis à me concentrer sur mon travail et les serviettes, brosses à dents et autres désagréments disparurent de mon quotidien !

Seulement voilà, mes ennuis avec les femmes de ménage découlaient de là !

Au bout de quelques jours, poser un doigt de pied au sol sans qu'il n'adhère au parquet ni ne glisse, devint de l'ordre de la plus infime probabilité. C'est alors que le jour de Mrs Pleasant arriva ! Ce fameux jour de fin de semaine que j'attendais et redoutais à la fois. Celui qui signifiait la délivrance pour les pieds et la crainte pour mon être !

Il était 8h30. Elle franchit la porte en retenant son souffle, glissa à deux reprises, perdit une chaussure sur le planché du salon, et... monta péniblement l'escalier qui menait à la bibliothèque et à la chambre où je faisais semblant de dormir, pour éviter l'éventuelle colère qui aurait pu avoir le temps de germer de l'entrée à la porte de ma chambrée (d'autant que la fertilité du sol que je lui avais laissé devait surpasser les meilleurs engrais disponibles sur le marché).

Elle parvint au palier. Je gardais un œil à demi-ouvert, comme le faisait Lewis, qui était à mes côtés. Je pus alors apercevoir son visage prendre des teintes que je ne lui connaissais pas, sa bouche s'ouvrir sur des dents acérées d'une blancheur qui me fit pâlir de frayeur, son tablier se tendre et se plisser sur une respiration d'une puissance qui retentissait sur les murs, et son souffle (qui acheva le destin tragique du miroir de la salle de bains) envoyer une rafale d'injures que je tairai ici pour ne pas heurter la sensibilité de votre ouïe !

Une fois cette tornade passée, Mrs Pleasant remit l'ordre qu'elle gardait habituellement à ses cheveux, passa les mains sur son tablier, pulvérisa de la menthe dans sa bouche redevenue étroite et légèrement plissée en anus de volaille, émit un « laaaaaaaaaaaa ! » cristallin, et me verbalisa sa démission, en ajoutant qu'elle savait que je ne dormais pas. Elle tourna ensuite sur ses talons par un élan du coude droit, puis glissa sur un dernier sachet de mon meilleur thé, qui s'accrocha à son soulier. Elle n'eut que faire de la prière de ce malheureux et l'arracha de sa chaussure tel une vieille chaussette, pour le jeter vers ma porte ouverte, où mon nez le rattrapa afin de lui éviter de plonger dans le bain (mal) odorant de déchets et vêtements qu'il ne connaissait pas.

La porte d'entrée claqua. Je sursautai. Le sachet tomba. Je le rattrapai et lui rendis hommage dans une nouvelle. De nouveau, le quotidien venait me happer…

Charles Lockworm

Lewis vu par Lockworm

Printed in Great Britain
by Amazon